매화귀신학교

매화귀신학교

저승사자 어둑이

천미진 동화 • 윤정주 그림

구미호

매화귀신학교 1학년 담임 선생님.
다정하고 온화하지만, 화가 많이
나면……? 100년 동안 꼬리 아홉 개를
모두 드러내지 않으면 사람이 될 수 있다.

매화귀신

매화귀신학교를 세운 교장 선생님.
귀신이라기보다 신선에 가깝다. 말수가 적고
성품이 대나무처럼 곧다. 매화귀신의 저주는
강력해서 인간도 귀신도 벗어나기 어렵다.

어둑이

매화마을 2단지에 사는 저승사자 집안
외동아들. 착하지만 행동이 굼뜨고 한눈을
많이 판다. 곤충이나 동물을 좋아한다.

꾸렁이

매화마을 2단지에 사는 변소귀신 집안 둘째
아들. 변기에 뭘 빠뜨리는 장난을 좋아하고,
위생 관념이 없어 종종 구린내가 난다.

풍덩이
(물귀신)

슬금이
(처녀귀신)

매화귀신학교 1학년 친구들

말랑이
(달걀귀신)

짱박이
(지박령)

또롱이
(도깨비)

프롤로그_매화귀신학교

　매화마을에 사는 귀신 아이들은 모두 매화귀신학
교에 다녀. 아주 오래전부터 이 마을에 살고 있는
매화귀신이 500여 년 전에 세운 학교지. 매화귀신
학교가 없던 옛날, 귀신들은 사람들과 어울리지 못
하고 툭하면 마을 곳곳에서 문제를 일으켰어.
장난기 많은 도깨비는 사람만 지나가면

들러붙어 씨름을 하자는 둥, 내기를 하자는 둥 괜한 장난을 걸었어. 또 캄캄한 밤길에 도깨비가 활활 타오르는 불로 변신해 사람 뒤를 졸졸 따라가면,

"으, 으, 으아악! 도깨비불이다!"

깜짝 놀라 줄행랑치던 사람은 발을 헛디뎌 데굴데굴 구르다가 다리가 부러지기도 했어.

담도 벽도 그냥 통과하는 처녀귀신은 주인 허락도 없이 불쑥불쑥 남의 집에 들어가 사람을 놀라게 했어. 무심코 스르르 지나갈 뿐이었지만, 처녀귀신을 보고 정신을 잃은 사람이 여럿이었지.

변소귀신은 한밤중에 똥 누러 온 아이들을 변소에 빠뜨리고는 깔깔 웃었어. 물귀신은 또 얼마나

짓궂은지, 물가로 다가온 사람을 가만히 지켜보다
가 순식간에 물속으로 휙 끌어당겼어. 같이 놀자고.
예의가 무엇인지도 모르고, 장난이 도를 넘은 거지.

"고갯길에서 도깨비를 만난 장 씨는 여태 시름시
름 앓는대요."

"물귀신 만날까 봐 빨래하러 개울에도 못 가요."

"안 그래도 몸이 약한 저희 할머니가 처녀귀신을
보고 며칠째 몸져누우셨어요."

"그제는 우리 손주 녀석이 변소에 빠졌어. 똥독이
올라 얼마나 고생인지 몰라."

매화마을 사람들은 처음엔 두려움에 떨었어.

숲이나 물가에 갈 때는 삼삼오오 모여

함께 가고, 밤이면 문을 꼭꼭 걸어 잠

갔지. 똥이 마려워도 해 뜰 때까지 두 주먹 꽉 쥐고
버텼어. 하지만 귀신들은 장난을 멈추지 않았어.
그러자 사람들의 두려움은 점점 분노로 바뀌었지.

"이대로는 안 되겠소! 귀신을 쫓아낼 방법을 찾
읍시다!"

"맞아요, 계속 이렇게 살 수는 없어요. 힘을 모으
자고요!"

사람들은 귀신이 자주 나타나는 곳으로 우르르
몰려갔어. 귀신들을 몰아내려고 고함을 지르고 북
을 둥둥 울렸지.

"도깨비, 처녀귀신, 당장 사라져라!"

"물귀신, 변소귀신, 썩 꺼지거라!"

"달걀귀신, 여우귀신, 온갖 악귀들은 물렀거라!"

여러 날 이어지는 요란한 소리에 귀신들도 슬슬 신경이 쓰였어. 특히 '악귀'라는 말이 무척 거슬렸지.

'내가 왜 악귀야? 왜 나더러 나쁘다고 하는 거지?'

마음 여린 몇몇 귀신은 그 소리에 서러워 눈물이 났지.

그런데 그게 끝이 아니었어. 사람들은 스님이며 무당이며 용하다는 이들을 모두 불러와 귀신 쫓는 주문도 외우게 했어.

주문이 정말 효과가 있었던 걸까. 귀신들은 머리가 어지럽고 속이 울렁거렸어. 갑작스레 눈앞이 캄캄해지기도 했지. 어린 달걀귀신 하나는 머리가 깨질 것 같다며 악을 쓰고 울었어.

귀신들도 가만있지 않았어.

"마을이 인간만의 것도 아닌데, 우리를 내쫓겠다니. 귀신이 얼마나 무서운지 제대로 보여 주지."

매화마을 곳곳에 깃들여 사는 귀신들이 빠짐없이 눈을 부릅뜬 그 밤, 붉은 하늘에 세찬 비가 내리고 천둥이 쉬지 않고 울었어. 번개가 번쩍번쩍 셀 수 없이 내리치자 사람들은 귀신들이 크게 화가 났다며, 사람을 해치러 올 거라며 이불을 뒤집어쓰고 웅크려 벌벌 떨었지. 손바닥을 싹싹 비비면서 용서해 달라고 빌기도 했어.

"어리석은 인간들, 이제는 후회해도 소용없어."

산에 사는 귀신, 물에 사는 귀신, 변소에 사는 귀신 할 것 없이 모두 사람들이 사는 집으로 몰려갔지. 딱 한 귀신만 빼고 말이야. 바로 매화귀신이었어. 이 모든 일을 말없이 지켜만 보던 매화귀신이 지팡이를 휘두르며 귀신들 앞을 가로막았어.

"여기서 한 발짝도 더 나아가지 마라."

지팡이가 움직일 때마다 바람이 쉭쉭 일었어. 한 여름에 매화 꽃잎이 바람에 실려 사방으로 퍼졌고, 귀신들은 옴짝달싹도 하지 못했지.

"더 이상의 소동은 허락하지 않겠다."

매화귀신은 900년 전부터 매화마을에 살던 귀신이야. 맨 처음 매화귀신이 이 마을에 터를 잡으니, 매화나무들이 뿌리를 내리고 봄이면 매화꽃을 아름답게 피웠어. 그 모습에 사람들이 하나둘 찾아오더니 어느새 마을을 이루었지.

매화귀신은 평소 말이 없고 어지간해

서는 귀신들 일에도, 사람들 일에도 나서지 않았
어. 하지만 매화귀신의 저주는 누구도 쉬이 벗어날
수 없을 만큼 무서웠어. 그래서 귀신들도
매화귀신의 눈치를 살필 수밖에
없었지.
  곧 비가 그치고 천둥이
잦아들었어.

  그로부터 100일 뒤, 마을의
가장 높은 언덕 위에 매화귀신이
서 있었어.

"지금은 인간이 귀신을 당해 내지 못한다 하더라도, 머지않은 미래에는 인간의 힘이 귀신을 위협할 만큼 커질 것이다. 그때를 염려하는 마음으로 나는 이곳에 매화귀신학교를 세우리라. 그리하여 귀신이 사람을 괴롭히는 일도, 사람이 귀신을 괴롭히는 일도 없는 세상을 만들 것이다."

매화귀신이 지팡이를 내리꽂자, 땅이 웅웅 흔들리더니 그 자리를 중심으로 순식간에 학교가 세워졌어. 사계절 내내 꽃이 지지 않는 매화나무가 학교를 빼곡히 둘러쌌지. 사람들 눈에는 학교도 나무들도 보이지 않았어.

"어린 귀신들은 학교에 나와 부지런히 공부하며 사람들과 조화롭고 평화롭게 사는 법을 배우리라. 과거와 달리 우리 아이들은 바르고 새롭고 참된 귀신으로 성장하리라!"

1. 세월아 세월아, 어둑아!

7년 전, 매화마을 저승사자 집안에 아이가 태어났어. 저승사자 부부가 결혼한 지 62년 만에 얻은 귀하고 귀한 아들이었지. 부부는 아이를 갖게 해 달라고 밤낮으로 하늘에 빌었어.

"비나이다, 비나이다. 저희는 아무 욕심 없습니다. 그저 건강하고 착한 아기가 저희 품에 오게 해 주세요."

그렇게 오랜 세월 기도한 끝에 생긴 아기가 바로 어둑이였어. 어둑이가 태어났을 때, 엄마와 아빠는 세상을 다 가진 것 같았어. 너무 기뻐도 눈물이 난다는 걸 알게 됐지. 어둑이는 동네에서 소문난 귀한 아들이었고, 저승사자 부부의 바람대로 건강하고 착했어. 착하긴 착한데…… 좀 느렸어.

"어둑아, 어서 일어나야지. 밤 9시가 넘었어. 오늘도 학교 늦겠다."

"어둑아, 밥을 씹었으면 삼켜야지. 왜 입에 물고 있어?"

"아이고, 어둑아! 세수를 여태 하고 있으면 어떡하니. 치카는 했어?"

매화귀신학교 아이들은 매일 밤 10시까지 학교에 가야 해. 그런데 어둑이는 꾸물거리느라 걸핏하면 지각이었지. 엄마 아빠가 아무리 재촉해도 내내 한눈을 팔았어.

"어? 무당거미다."

"어둑아아! 지금 무당 거미가 중요해?"

느긋해도 너무 느긋한 어둑이 때문에 애가 마른 아빠가 다 큰 어둑이를 업고 학교까지 뛰어간 날도 있었어.

저승사자 집안에서는 대대로 망자, 그러니까 죽은 사람을 저승으로 데려가는 일을 해 왔어. 산 사람의 세계에서 죽은 사람의 세계로 가는 동안 망자가 길을 잃거나 하늘이 정한 시간을 놓치지 않도록 잘 안내하는 데서 자부심을 느꼈지. 조금이라도 시간이 어긋나면 큰일이 벌어지니까, 저승사자들은 무엇보다 시간 약속을 중요하게 여겼어.

그런데 어둑이 할아버지의 할아버지가 딱 한 번 실수한 적이 있어. 기록을 잘못 보고 하늘이 정한 시간보다 30분 먼저 망자를 데려간 거야. 그 사람은 스님이었는데, 눈을 감기 전에 제자들에게 그 절의 보물이 어디에 숨겨져 있는지 알려 주려고 했어.

"우리 절에 대대로 전해져 내려온 금불상은 이 산에…… 우리 절……."

하지만 제자들은 끝내 금불상의 비밀을 듣지 못했어. 어둑이 할아버지의 할아버지가 정해진 시간을 지키지 못한 탓이지. 스님이 세상을 떠난 뒤 제자들은 금불상을 찾기 위해 절을 구석구석 뒤지고 온 산을 헤집었어. 하지만 금불상은 지금까지도 발견되지 않았어.

어둑이의 할머니한테도 비슷한 일이 있었어. 다른 망자와 실랑이하느라 한 시간이나 늦게 망자를 찾아간 거야. 그때가 아마 늦가을쯤이었고, 그 사람은 나이 든 도둑이었어. 도둑은 산 아래 오두막에 숨어 지내고 있었지. 원래라면 저승길에 올랐을 시간에 도둑은 모닥불을 피우고 까무룩 잠이 들었어. 그런데 그 모닥불이 큰불로 번지고 만 거야. 그바람에 산이 홀랑 타 버리고 가여운 동물들도 큰해를 입었지.

염라대왕은 어둑이 조상들에게 크게 화를 냈어.

"어찌 저승사자가 이런 실수를 한단 말이냐? 너희 가문의 실수로 그때 그 금불상은 여태 발견되지 않았다. 인간들은 수십 년이 흐른 지금까지도 그것

을 찾느라 온 산을 이 잡듯이 뒤지고 있다. 그런데 또 이런 실수를 하다니! 정해진 시간을 어기지 않았다면, 그토록 귀한 것들을 허무하게 잃는 일도 없었을 것이 아니냐!"

어둑이의 조상들은 쉴 새 없이 찬 바람이 쌩쌩 몰아치고 차디찬 얼음이 삐쭉삐쭉 솟은 한빙지옥으로 끌려갔어. 그곳에서 무려 3년 동안이나 무릎을 꿇고 잘못을 빈 뒤에야 겨우 용서를 받았지.

"더 이상 실수는 용서치 않겠다! 그때는 아무리 잘못을 빌어도 소용없으리라!"

염라대왕이 어찌나 크게 호통을 치던지 저승 전체가 무너질 듯 흔들렸어.

그 뒤로 저승사자 집안에서는 시간

관리에 더욱 철저해질 수밖에 없었
어. 평소에도 시간 약속을 칼같이 지키
도록 가르쳤지. 그런데 하필이면
그 집안 귀한 아들인 어둑이가 굼뜨고 느리
기로 일등이니, 엄마 아빠의 걱정 근심이
이만저만한 게 아니었어.
　"어둑아, 빨리 좀 걷자. 이러다 또 학교 늦겠다."
　애타는 엄마 속도 모르고 어둑이는 태평했어.
　"네에. 어, 밤나방이다."

2. 1교시 귀신의 역사

"매화 어린이 규칙 하나!"

"우리는 부지런히 배우고 익히며 바르게 자란다!"

구미호 선생님이 먼저 구령을 붙이자, 1학년 아이들이 힘차게 규칙을 외쳤어. 매화귀신학교에서는 매일 '매화 어린이 규칙'을 다 함께 외치고 나서 수업을 시작하거든.

"매화 어린이 규칙 둘!"

"우리는 밤에 일찍 일어나고 아침 일찍 자며, 건강하게 자란다!"

"매화 어린이 규칙 셋!"

"우리는 사람을 괴롭히지 않고 착하게 자란다!"

구미호 선생님이 밝게 웃으며 교실을 둘러보았어. 그때 교실 뒷문이 스르르 열렸어. 어둑이야. 어둑이는 오늘도 지각이었지. 구미호 선생님이 입술을 한 번 꾹 다물었다가,

"어둑이 또 늦었네. 수업 시작하니까 얼른 자리에 가서 앉아. 그리고 선생님이 조만간 연락드린다고 부모님께 말씀드리렴."

어둑이가 자리에 앉는데, 앞자리 말랑이가 돌아보며 약 올렸어.

"쿡쿡, 너 이제 큰일 났다."

말랑이는 꼬마 달걀귀신이야. 달걀귀신은 원래 얼굴이 없지만, 자기 마음대로 얼굴을 바꿀 수도 있지. 오늘은 또 새로운 얼굴이었어.

'밤나방은 그냥 지나칠걸······.'

어둑이는 선생님이 엄마 아빠한테 뭐라고 얘기할지 걱정이 됐어.

"1교시는 귀신의 역사지요? 모두 교과서 23쪽을 펴세요. 오늘은 여우귀신의 역사에 대해 알아볼 거예요."

구미호 선생님이 칠판에 '여우귀신'이라고 적고 있는데, 꼬마 도깨비 또롱이가 손을 번쩍 들고 우렁차게 물었어.

"선생님도 여우귀신 아니에요?"

"맞아요. 그런데 선생님은 구미호지요. 오늘은 여우귀신 중에서 여우누이에 대해 알아볼 거예요. 여우누이가 사람들과 어떻게 지냈는지 한번 살펴볼까요? 어둑이가 23쪽을 읽어 보세요."

"어······ 잠, 잠깐만요."

어둑이가 느릿느릿 책을 펼치는 동안 구미호 선생님은 가만히 기다려 주었어. 하지만 뒤에 앉은 물귀신 풍덩이는 한숨을 푹 쉬었지.

"어휴, 저 꾸물이."

1학년 아이들은 항상 꾸물거리는 어둑이를 꾸물이라고 부르며 놀리고는 했어.

"어, 어느 인간 부부가…… 여, 여우들이 나타나는, 여웃골에서…… 딸을 갖게 해 달라고…… 기도를 한 뒤…… 혼자 버려진…… 갓난, 아이를 발견……했어요……."

그때 맨 뒤에 혼자 앉은 변소귀신 꾸렁이가

꿍얼거렸어.

"선생님! 어둑이가 너무 느리게 읽어서 답답해요.
하여간 꾸물이라니까."

"꾸렁이, 친구한테 그런 말 하면 못써요."

선생님은 꾸렁이를 나무라고 어둑이에게 말했어.

"그래, 어둑이는 거기까지만 읽고 앉자. 잘했어.
나머지는 선생님이 읽어 줄게요."

선생님은 상냥하게 이야기를 마저 읽었어.

"부부는 갓난아이를 막내딸 삼아 사랑으로 길렀
어요. 부부에게는 아들도 셋 있었는데, 아기는 오
빠들과 함께 건강하게 자랐지요. 그런데 막내딸이
자라면서 집안에는 이상한 일이 자꾸만 생겼어요.
어떤 일이 생겼는지 아는 친구?"

"저요! 저요!"

지박령 짱박이가 제일 먼저 손을 들었어. 지박령

은 아주 오랫동안 한곳에 머물러 지내는 귀신을 말하는데, 짱박이네 가족은 600년 전부터 매화마을에 살고 있어.

"여웃골에서 데려온 딸은 여우귀신이었어요. 외양간에서 소의 간을 빼 먹고, 부모님과 오빠들, 이웃들도 해쳤어요."

짱박이가 야무지게 발표하는 내내 어둑이는 선생님이 아까 한 말을 떠올렸어.

'선생님이 연락하면 엄마 아빠가 많이 놀라겠지? 그냥 무당거미도 보지 말고 올걸……'

구미호 선생님의 진지한 목소리가 이어졌어.

"그래서 여우누이는 어떻게 되었나요? 손 들고 말해 볼 친구?"

말랑이가 손을 번쩍 들었어.

"집을 떠났던 큰오빠가 돌아와 여우누이를 겨우 물리치고 마을은 다시 평화를 찾아요."

"맞아요. 말랑이 아주 잘했어요. 우리가 귀신의 역사를 배우는 이유가 바로 여기에 있어요. 아주 오랜 옛날, 귀신은 사람을 괴롭히거나 심하면 해쳤어요. 그러면 사람도 귀신을 해쳤지요. 그래서 귀

신과 사람 사이에 싸움이 끊이질 않았어요. 우리 귀신들은 지금도 사람을 해치나요?"

구미호 선생님의 물음에,

"아니요!"

반 아이들이 모두 입을 모아 대답했어.

"그럼, 귀신들은 지금도 소의 간을 빼 먹나요?"

"으엑, 그걸 어떻게 먹어요?"

또롱이가 장난스럽게 토하는 시늉을 하자, 아이들은 큰 소리로 깔깔거리며 떠들었어.

"우에에, 징그러워요."

"저는 본 적도 없어요."

"그래요, 우리 귀신들은 이제 사람을 해치지 않아요. 사람들도 우리를 공격하지 않지요. 그래서 귀신의 역사를 바로 알면 모두가 더 평화롭고 행복한 세상을 만들 수 있어요."

구미호 선생님은 고개를 끄덕끄덕하는 아이들을
더없이 사랑스럽게 바라보았어.

3. 아홉 개의 꼬리

짱박이는 점심밥을 다 먹고 나서 어둑이를 기다려 주었어. 어둑이 식판에는 아직도 밥이 한참 남아 있었어.

"너 왜 자꾸 늦게 와? 그러다가 구미호 선생님 진짜 화나면 어떡하려고? 구미호 선생님 화나면 진짜 무서운 거, 너 모르는구나."

"진짜? 우리 선생님이?"

놀란 어둑이 눈동자가 크게 흔들렸어. 구미호 선생님은 매화귀신학교에서 가장 인기가 많은 선생님이거든. 아이들에게 친절하고 다정하다고 매화 마을에 소문이 자자할 정도로.

"너 진짜 몰라? 그럼 또 내가 알려 줘야겠네."

매화마을 일이라면 모르는 게 없는 짱박이가 목 소리를 낮추고 소곤거렸어.

"우리 선생님은 꼬리가 아홉 개인 구미호잖아. 그 런데 너 선생님 꼬리 본 적 있어? 없지? 구미호 소 원이 사람 되는 거래. 사람이 되어서 사람이랑 결 혼하고, 아이도 낳고. 구미호는 시간이 지나도 늙 지 않는데, 구미호 선생님은 꼭 할머니가 되어 보 고 싶대."

"어어? 왜…… 할머니가 되고 싶지?"

어둑이가 한참 전부터 입안에 물고 있던 밥을 우 물거리며 말했어.

"그러게, 이상해. 아무튼 귀신은 사람이 될 수 없

지만 구미호만은 사람이 될 수 있대. 단, 100년 동안 꼬리 아홉 개를 꺼내지 않고 참으면."

"100년이나?"

"응. 구미호는 화가 나면 꼬리가 하나둘씩 나오는데, 여덟 개까지는 괜찮대. 그런데 화가 머리 꼭대기까지 나서 아홉 개가 다 드러나면, 그다음 100년 동안은 인간이 될 수 없대."

어둑이가 이제야 밥을 꼴깍 삼켰어.

"……정말? 그런데 우리 선생님은, 음…… 착해서 꼬리 안 나올 것 같은데."

"내가 얘기했지? 구미호 선생님 화나면 진짜 무섭다고. 우리 누나가 매화귀신학교에 다닐 때 구미호 선생님 꼬리가 두 개까지 나오는 걸 봤대."

"왜, 왜? 선생님이 왜 화났는데?"

"그때 꾸렁이네 형이 장난친다고 변소 똥을 잔뜩

퍼다가 교실에 뿌렸거든. 그 바람에 우리 누나도 똥독이 올라서 한참 고생했어. 그때 담임이 구미호 선생님이었는데, 화가 잔뜩 나서 꼬리가 두 개나 나온 걸 누나가 봤대."

'선생님이 나 때문에 화 많이 났을까……?'

어둑이는 점점 더 걱정됐어.

"우리 누나가 그랬어. 구미호 선생님 절대 화나게 하지 말라고. 선생님 화나면 진짜 진짜, 진짜 무섭게 변한대. 눈도 쫙 찢어지고, 뾰족뾰족한 이빨에 입도 이렇게 찢어지고……."

짱박이는 손가락으로 눈이랑 입을 주욱 찢는 시늉을 했어. 그때 뒤에서 이야기를 엿듣던 말랑이가 짱박이와 어둑이 어깨를 톡톡 두드렸어.

"이렇게?"

"아아아악!"

　짱박이와 어둑이는 소스라치게 놀라 소리를 질렀
어. 말랑이가 눈이 쫙 찢어지고, 입도 귀까지 쭉 찢
어진 무서운 얼굴을 하고 있었거든. 친구들을 놀리
려고 순식간에 얼굴을 바꾼 거였지.

　"뭐야, 귀신인 줄 알았잖아!"

"크크크, 뭐래. 우리 다 귀신 맞거든?"

한바탕 웃어 젖힌 말랑이는 다시 새초롬한 얼굴을 하고서 새초롬하게 일러바쳤지.

"선생님! 어둑이 밥 다 안 먹고 남겨요!"

"아, 아니야. 먹을 거야."

어둑이는 구미호 선생님이 올까 봐 허둥지둥 밥을 삼켰어.

4. 이름을 세 번 부르면

　　며칠 뒤, 어둑이는 검은 모자를 쓰고 아빠를 따라 나섰어. 구미호 선생님에게 연락받고 나서, 아빠가 어둑이더러 내일은 현장 학습을 가자고 했거든. 일단은 학교를 안 가도 되니 좋았어. 지금은 선생님 얼굴을 보기가 좀 부끄럽고 겁도 나니까.

　　"조수찬 씨, 조수찬 씨, 조수찬 씨."

　　아빠가 이름을 세 번 부르자, 병원 침대에 눈을 감고 누워 있던 할아버지의 영혼이 천천히 둥실 떠올랐어. 저승사자가 검은 모자를 쓰면 살아 있는 사

46

람 눈에는 보이지 않아. 죽은 사람만이 저승사자의 모습을 보고, 저승사자의 목소리를 들을 수 있지.

"조수찬 씨, 1929년 3월 12일생 맞으시죠?"

어둑이 아빠가 물었어. 할아버지의 영혼은 두리번두리번 주변을 살피더니 조용히 고개를 끄덕였어.

"그동안 애쓰셨습니다. 지금부터는 제가 저승으로 편히 모시겠습니다."

"제가 이제 갈 때가 된 건가요?"

"네, 그렇습니다. 열심히 살아오신 거 다 알고 있습니다. 자, 이쪽으로."

어둑이 아빠가 앞서 걷자, 할아버지의 영혼도 말없이 아빠를 따라 걸었어. 어둑이도 할아버지 뒤에서 천천히 걸었어. 누구한테서도 발소리는 나지 않았어. 그림자도 없었지.

저승까지는 아주 먼 길이지만, 아빠가 삼도천으

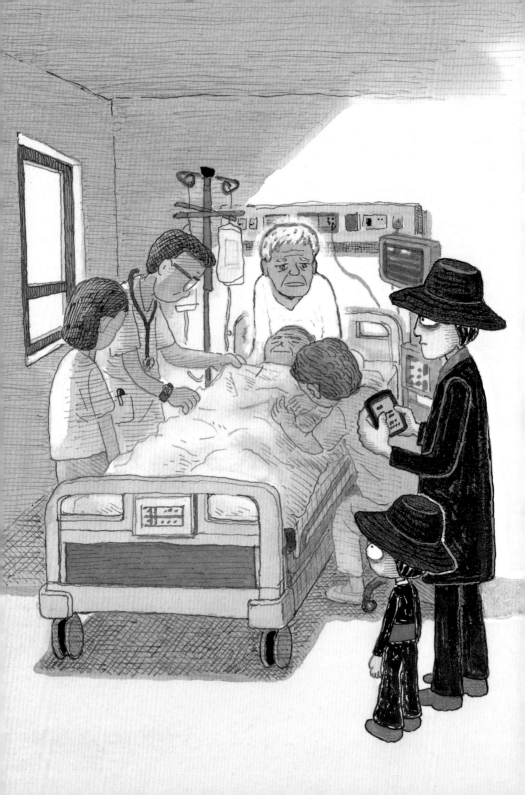

로 가는 문을 열자 그리 오래 걸리지 않았어. 삼도천은 이승과 저승 사이에 흐르는 강이야. 작은 조각배를 노 저어 건너면 곧 저승이었지. 멀찍이 다른 망자를 배에 태우고 삼도천을 건너는 다른 저승사자들도 보였어.

조수찬 할아버지를 저승까지 모셔다 드리고 집으로 돌아오는 길에 아빠가 말했어.

"어둑아, 너도 이다음에 어른이 되면 아빠나 엄마처럼 망자를 저승으로 안내하게 될 거야. 사람들이 이 세상에서 각자 사정대로 열심히 살다가 숨이 끊어지면, 저승까지 헤매지 않도록 친절하게 이끌어 주는 것이 우리 집안이 맡은 중요한 일이란다."

어둑이는 아빠를 바라보며 고개를 끄덕였어. 저승사자가 무슨 일을 하는지는 어둑이도 이미 알고 있었어. 하지만 아빠가 일하는 모습을 직접 본 건

오늘이 처음이었지.

"그 일을 잘 해내려면 정해진 시간을 지키는 것이 무엇보다 중요해. 저승사자가 실수하면 이 세계에도 저승에도 큰 혼란이 생긴단다. 그래서 엄마 아빠도, 구미호 선생님도 어둑이를 걱정하는 거야. 알고 있지?"

어둑이는 고개를 끄덕였어.

"죄송해요, 아빠."

"괜찮아, 우리 어둑이도 차차 나아질 거라고 아빠는 믿어. 그리고 아빠가 또

뭘 특별히 조심하라고 했지?"

"이름을 세 번 부르는 거요."

"그래. 저승사자는 절대로 누군가의 이름을 세 번 연달아 불러서는 안 돼. 귀신도, 사람도, 친구도, 절대로."

저승사자가 누군가의 이름을 정확히 알고, 세 번 연속으로 그 이름을 부르면 영혼이 몸을 빠져나오게 돼. 이 힘은 저승사자가 아홉 살이 되는 날부터

생기지.

그런데 만약 저승으로 갈 때가 되지 않은 사람의 이름을 세 번 부르면, 그 사람의 영혼도 몸에서 빠져나오게 돼. 하지만 아직 때가 아니기 때문에 저승으로 가지 못하고, 죽은 것도 산 것도 아닌 채로 이 세계를 떠돌게 되지.

그런 잘못을 저지른 저승사자는 곧장 한빙지옥으로 불려 가서 아주아주 오랫동안 벌을 받아야 해.

"어둑이도 곧 아홉 살이 되니까, 이제는 어엿한 저승사자가 될 준비를 시작해야겠지? 그러려면 무엇보다 시간 약속을 소중히 여기고, 힘을 함부로 써선 안 돼. 알았지?"

그날 아빠는 어둑이에게 거듭 다짐을 받았어.

"네, 명심할게요."

"킥킥킥킥."

"야아, 하지 말라고!"

"뭐 어때? 어떻게 되는지 보고 싶지 않아?"

매화귀신학교 2층 화장실이 소란스러웠어. 꾸렁이가 개구리를 변기에 넣고 물을 내리려는 걸 또롱이와 짱박이가 못 하게 말리고 있었지.

"그러다 개구리 죽어."

"죽는지 안 죽는지 보자니까? 안 죽어. 내가 제일 잘 알지!"

"그만해, 선생님 불러올 거야."

아이들이 옥신각신하는데, 어둑이가 화장실로 들어왔어.

"어? ……금개구리? 지금 뭐 하는 거야."

"어둑아, 꾸렁이 좀 말려 봐. 꾸렁이가 개구리를 변기에 넣고 물을 내리려고 해. 저러다 개구리 죽

으면 어떡해.”

짱박이 말에 어둑이가 놀라서 꾸렁이를 말렸어.

“그러지 마! 살아 있는 동물을 왜 괴롭혀?”

“내 맘이다, 왜!”

“부탁이야. 개구리 놓아줘.”

어둑이가 느릿하고 차분하게 말했어.

“싫은데? 싫은데? 안 놓아줄 건데?”

꾸렁이는 오히려 신이 나서 더 까불거렸어. 반대
로 어둑이 목소리는 더 가라앉았지.

“마지막이다. 개구리 놓아줘.”

“싫어, 싫어! 어쩔 건데?”

“어쩔 거냐고……?”

어둑이는 크게 한숨을 뱉고는 결심한 듯 말했어.

“어쩔 수 없지. 너, 후회하지 마. **꾸렁아…… 꾸
렁아…….**”

꾸렁이는 영문을 몰라 눈만 껌뻑거렸어.

그때 모르는 게 없는 짱박이가 화들짝 놀라 속사포처럼 외쳤어.

"어둑아, 안 돼! 꾸렁이 너 얼른 그만둬. 그러다 진짜 큰일 나. 저승사자가 네 이름을 세 번 부르면 죽는 거야. 이승에도, 저승에도 있지 못하고 떠돌게 된다고!"

"그, 그게 뭐! 누가 겁낼 줄 알고?"

꾸렁이는 떨리는 목소리로 대들었어. 그러자 어둑이가 고개를 절레절레 저었어. 그러고는 잔뜩 굳은 얼굴로 무섭게 말했지.

"좋아, 이번엔 정말 안 봐줄 거야. **꾸렁아…… 꾸렁아…….**"

꾸렁이는 어둑이를 몹시 째려보며 더 버텼어.

"어, 어디 한번 해 봐. 누가 이기는지 보자!"

어둑이는 크게 심호흡을 하고,

"꾸······."

"으아아악! 하지 마! 하지 말라고!"

기세등등하던 꾸렁이도 이번에는 정말 겁났는지 금개구리를 버려둔 채 화장실 밖으로 달아났어.

씩씩거리면서 달려가는 꾸렁이를 보더니, 어둑이가 사르르 표정을 풀고 속삭였어.

"너네만 알아. 저승사자는 아홉 살이 되어야 그런 힘이 생겨. 나는 아직 아홉 살이 아니라서 안 돼. 헤헤, 그래도 금개구리는 살렸다!"

5. 사라락… 스스스…

"맨날 지각하고, 뭐든 다 늦는 주제에 애들 앞에서 잘난 척이야."

학교가 끝났는데도 꾸렁이는 집에 가지 않았어. 매화공원에 있는 화장실에 숨어 구시렁대고 있었지. 화가 부글부글 끓어서 머리끝까지 똥독이 오른 것 같은 기분이었지. 변소귀신은 원래 변소에 숨어 있는 걸 좋아해. 본능적으로 똥이 잔뜩 든 변소를 찾아 그 안에서 지내곤 했지. 똥이 많으면 많을수록 더 강하게 끌렸어.

하지만 이제 귀신들도 달라져야 한다고 학교에서 배운 뒤로는, 변소귀신들도 더 이상 지저분한 변소에 숨어 지내지 않아. 똥 냄새도 풍기지 않고, 깔끔하고 청결하게 살고 있지. 하지만 꾸렁이는 여전히 아늑하고 조용한 화장실을 좋아했어. 그 바람에 자주 똥 냄새를 풍겨 친구들이 코를 막고 인상을 찌푸릴 때도 많았어.

'복수할 거야, 꼭 복수해야지. 아주 독한 똥을 퍼부어서 똥독으로 고생하게 만들어야지. 아니야, 똥오줌이 잔뜩 묻도록 변기에 퐁당 빠뜨려 줄까?'

꾸렁이는 친구들 앞에서 자기를 망신 준 어둑이에게 어떻게 복수할지 고민했어.

'그러다 어둑이가 진짜로 내 이름을 세 번 부르면 어떡하지?'

꾸렁이는 고개를 절레절레 저었어.

'아니야, 아까 풍덩이가 분명히 그랬어. 저승사자가 함부로 이름을 세 번 불렀다가는 지옥에 떨어진다고. 어둑이가 그렇게까지는 못 할 거야. 근데 풍덩이가 잘못 안 거면 어떡하지?'

꾸렁이가 골똘히 생각하던 그때,

사라락······ **스스스**······.

화장실 밖에서 이상한 소리가 들렸어.

처음에는 바람에 나뭇잎이 흔들리는 소리 같았어. 하지만 차츰 소리가 커졌지.

"뭐야? 바람이 점점 세게 부네. 비 오려고 그러나? 나 우산 없는데. 일단 집에 가야겠다."

꾸렁이가 밖으로 터벅터벅 걸어 나오는데,

"어, 뭐지?"

별도 달도 빛날 만큼 하늘이 맑았어. 바람도 한 점 불지 않았지. 그런데 가만 보니, 커다란 나무들이 휘청휘청 심하게 흔들렸어. 꾸렁이는 멈춰 서서 나무가 우거진 공원 안쪽을 자세히 살폈어. 어둠 속에서 꾸렁이는 분명히 보았어. 시커멓고 커다란, 그것도 주변 나무들을 뒤흔들 정도로 거대한 뱀이 었어.

"헙!"

꾸렁이는 너무 놀라 비명을 지를 뻔했어. 다행히 얼른 입을 꽉 틀어막았지.

하지만 뱀은 꾸렁이가 숨 삼키는 소리를 듣고 말 았어.

"변소귀신인가? 아직 어리군."

거대한 뱀은 곧바로 방향을 틀어 꾸렁이 쪽으로 사사삭, 스르르 빠르게 다가왔어. 캄캄한 밤, 거대한 뱀은 두 눈이 불길한 노란빛으로 또렷이 빛나고 있었지.

"살려 줘! 살려 주세요!"

어둑이는 언제나처럼 느릿느릿 집으로 돌아가고 있었어. 수업이 끝나고 다른 친구들은 벌써 집으로 돌아갔는데, 어둑이는 이리저리 주위를 살피며 곤충이나 동물, 재미있는 볼거리가 있나 없나 보느라고 시간이 가는 줄도 몰랐지. 어둑이가 매화공원 앞을 지날 때였어.

뻐꾹뻐꾹! 멀지 않은 데서 소리가 들렸어.

"어, 뻐꾸기 소리다. 어디서 나는 거지?"

어둑이는 나무 위를 올려다보며 뻐꾸기가 어디 있나 살폈지. 소리는 또렷하게 들렸지만, 나뭇잎이 빽빽해서 숨어 있는 뻐꾸기를 찾기는 쉽지 않았어. 어둑이가 나뭇가지 하나하나 빠짐없이 살피는데, 갑자기 뻐꾹뻐꾹 소리가 뚝 그쳤어. 그러더니 퍼드덕!

새들이 급하게 날갯짓하며 모두 날아가 버렸어.

'무슨 일이지?'

어둑이는 날아가는 새들을 바라보며 고개를 갸웃했어. 그때,

"살려 줘! 살려 주세요!"

건너편에서 꾸렁이가 소리치며 달려가는 게 보였어. 그런 꾸렁이 뒤를 시커멓고 커다란, 커다래도 너무 커다란 뱀이 빠르게 쫓고 있었어. 그 괴물 같은 뱀이 움직이며 나무를 스칠 때마다 나뭇잎이 사르락사르락 흔들렸지. 동물이라면 뭐든지 잘 아는 어둑이는 바로 알아챘어.

'저건 그냥 뱀이 아니야!'

이무기. 그래, 매화마을에 다시 이무기가 나타난 거야.

이무기는 세상 이곳저곳을 떠돌아다니면서 마주

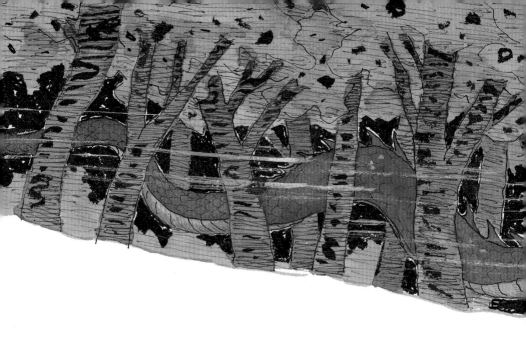

치는 귀신들을 닥치는 대로 삼켰어. 귀신 1000명을 삼키면 용이 될 수 있거든. 그런데 150년 전, 매화 귀신과 이 마을 귀신들이 방해하는 바람에 이무기는 용이 되는 데 실패했어. 그날 일을 생생히 기억하는 이무기 눈이 어둠 속에서 번득였지.

　이무기를 한눈에 알아본 어둑이는 몸이 벌벌 떨렸어. 하지만 오래 생각할 겨를이 없었지. 어둑이는 냅다 달리기 시작했어. 최대한 빠르게. 있는 힘을 다해서.

　저 멀리서 어둑이가 후다닥 달려가는 걸 꾸렁이도 똑똑히 보았어. 꾸렁이 쪽이 아니라 완전히 반대 방향으로 바람처럼 빠르게 달리고 있었지. 이제

껏 그렇게 빨리 달리는 어둑이는 본 적이 없었어.

'자기만 살려고 도망치는 거야? 너무해. 이럴 줄 알았으면 느려 터졌다고, 꾸물이라고 놀리지 말걸.'

후회해도 소용없었어.

이무기는 꾸렁이를 점점 더 바짝 쫓아왔어. 꾸렁이는 죽기 살기로 이무기에게 똥독을 쏘며 달아났어. 하지만 아직 어린 변소귀신은 자기 힘으로 이무기에게 자그마한 상처 하나 낼 수 없었지.

"쓸데없는 짓을 하는군."

곧 닿을 듯이 다가온 이무기가 커다란 입을 쩍 벌리는 순간,

번쩍!

눈이 멀 듯이 강렬한 섬광과 함께 구미호 선생님이 나타났어.

"당장 물러서라!"

이무기는 구미호를 보고 멈칫했어. 불처럼 빛나는 꼬리를 다섯 개나 드러낸 구미호는 결코 만만한 상대가 아니거든.

"이 마을에 구미호가 있는 줄은 미처 몰랐군."

이무기가 물러설 기미를 보이지 않자, 구미호 선생님은 여섯 번째 꼬리를 내보였어. 매섭게 치켜뜬 눈이 붉게 빛나고, 이빨도 몰라보게 날카로워졌지.

"그래, 이 마을엔 내가 있어. 꼬리 아홉 개가 제대로 힘을 발휘하는 그런 구미호가 말이야."

구미호 선생님이 한 발 한 발 다가가자, 이무기는 슬금슬금 물러났어.

"이 아이들은 모두 내가 지키는 아이들이다. 감히 이무기 따위가……!"

구미호 선생님이 호통치자, 이무기가 희번덕거리던 눈을 내리깔았어.

"오늘은 내가 불리한 것 같구나. 다음에 힘을 갖춰 다시 오마."

이무기는 한순간에 연기처럼 스르르 사라졌지.

"꾸렁아, 괜찮니? 다친 데는 없어?"

구미호 선생님은 금방 평소대로 돌아왔어. 다정하고 상냥한 그 모습으로. 조금 전 사납고 무서운 모습은 찾아 볼 수 없었지.

"으허헝. 선생니임."

꾸렁이가 울음을 터뜨리며 선생님 품으로 뛰어들었어. 구미호 선생님은 꾸렁이를 꼭 안고 토닥여 주었어. 뒤에서 숨이 넘어갈 듯 헐떡이던 어둑이가 겨우 말을 꺼냈어.

"허억, 헉, 꾸렁아, 너, 괜찮아? 헉, 진짜 괜찮, 아?"

선생님이 어둑이를 돌아보며 말했어.

"어둑이가 정말 큰일을 했어. 선생님한테 재빨리 알려 준 덕분에 꾸렁이를 구할 수 있었거든. 아아, 정말 다행이야."

구미호 선생님 말에 꾸렁이는 굵은 눈물을 뚝뚝 떨어뜨리며 어둑이를 보았어.

"정말? 그런 거였어?"

어둑이가 혼자서 도망친 게 아니라는 걸, 저를 구하려고 바람처럼 달렸다는 걸 꾸렁이도 이제야 알게 된 거지.

"허어어엉. 어둑아, 나는, 흑, 네가 나 버리고, 도망치는 줄 알고…… 흐어어엉. 정말 고마워어. 이제 느리다고 놀리지 않을게. 미안해애. 으아아앙."

어둑이도 쑥스러운 듯이 꾸렁이를 보며 말했어.

"아니야, 꾸렁아. 무사해서 정말 다행이야. 그리고 나도 이번에 확실히 깨달았어. 앞으로는 '덜 꾸

물이'가 되어 볼게."

어둑이와 꾸렁이는
서로 얼싸안고 펑펑 울었어.
구미호 선생님이 다시 한번
두 아이를 꼭 끌어안았지.
"다행이다, 정말 다행이야."

에필로그 – 새로운 매화귀신학교

"교장 선생님, 이무기가 나타났어요. 매화마을이, 특히 아직 어리고 힘을 제대로 발휘하지 못하는 우리 매화귀신학교 아이들이 위험합니다."

다음 날, 구미호 선생님이 교장 선생님을 찾아가 말했어.

"구미호 선생님을 보고 공격할 생각도 하지 않고 곧바로 달아났다면, 아직 완전히 회복하지 못한 모양이네요. 아마 이무기가 다시 찾아오기까지 시간이 꽤 걸릴 겁니다."

"하지만 이무기는 워낙 집요하고 교활해서 분명히 다시 올 거예요. 어떡하죠, 교장 선생님?"

이무기는 150년 전에도 이 마을에 나타났어. 머지않아 용이 되리라고 기대하고 있던 이무기를 매화마을 귀신들이 힘을 모아 가까스로 제압하고 멀리 몰아냈어. 죽기를 각오한 싸움이었지. 그때 매화귀신이 직접 나서서 이무기가 오래오래 깊은 잠에 빠지도록 저주를 걸었어. 아주 막강한 저주여서 매화귀신은 자기가 가진 힘을 다 쏟아부었어. 그 후에는 매화귀신도 약해진 몸을 숨긴 채 오랫동안 기력을 회복해야 했지.

그날의 저주는 정말 강력했어. 하지만 어떤 이유에선지 이무기가 그 저주를 깨고 다시 나타난 거야. 매화마을에 원한을 품은 이무기는 150년 전보다 더 커다란 위협이 될 터였어. 고민하던 교장 선생님이 입을 열었어.

"어쩔 수 없군요. 아이들을 준비시키도록 하지요. 이무기는 저주에 걸려 오랫동안 잠들어 있었기 때문에 이전에 귀신을 삼켜 얻은 힘이 모두 바닥났을 거예요. 아마도 저주를 깨느라 생사를 오가며 온 힘을 쏟았겠지요. 그러니 아이들을 지레 겁먹게 할 필요는 없습니다. 그래도 아이들의 힘을 조금 더 빨리 키워 냅시다.

이제부터 염력, 분신술, 은둔술과 같이 각 귀신들의 힘에 따른 특기 교육을 1학년부터 전교생 모두에게 매일 실시하도록 하지요. 아이들이 스스로를 지킬 수 있게."

"네!"

곧 매화마을에 사는 모든 귀신들에게 소식이 전해졌어. 이무기가 돌아왔다고.

새로운 학교생활이 매화귀신학교 아이들을 기다
리고 있었지.

참되게 바르게 새롭게
매화귀신학교 가정 통신

학교장 재량 수업 신설 안내

학부모님 가정에 행복이 가득하시길 기원합니다.
최근 우려스러운 사건이 발생하여
매화귀신학교 3학년부터 실시하던 특기 적성 교육을
1학년부터 앞당겨 실시하고자 합니다.
이에 아래와 같이 1학년 5교시를 신설하오니
하교 시간 및 가정 내 지도에 참고해 주시기 바랍니다.

교시	월	화	수	목	금
1교시 (10:10~10:50)	귀신의 역사	국어	바른 귀신 생활	귀신과 사회	음악
2교시 (11:00~11:40)	건강과 안전	귀신과 사회	수학	미술	바른 귀신 생활
3교시 (11:50~12:30)	수학	건강과 안전	국어	이승 탐구	귀신의 역사
4교시 (12:40~1:20)	저승 탐구	바른 귀신 생활	동아리	수학	국어
(1:20~2:10)	점심시간				
5교시(신설) (2:10~2:50)	특기적성	특기적성	특기적성	순간이동	은둔술

매화귀신학교장

저학년 001

매화귀신학교_저승사자 어둑이

ⓒ 천미진, 윤정주 2025

초판 1쇄 인쇄 2024년 12월 30일 초판 1쇄 발행 2025년 1월 10일
ISBN 979-11-5836-513-4, 979-11-5836-493-9(세트)

펴낸이 임선희 펴낸곳 ㈜책읽는곰 출판등록 제2017-000301호
주소 서울시 마포구 성지길 48 전화 02-332-2672~3 팩스 02-338-2672
홈페이지 www.bearbooks.co.kr 전자우편 bear@bearbooks.co.kr
SNS Instagram@bearbooks_publishers

책임 편집 우진영 책임 디자인 하늘·민
편집 우지영, 이다정, 최아라, 박혜진, 김다예, 윤주영, 도아라, 홍은채 디자인 김은지
마케팅 정승호, 배현석, 김선아, 이서윤, 백경희 경영관리 고성림, 이민종 저작권 민유리
협력 업체 이피에스, 두성피앤엘, 월드페이퍼, 원방드라이보드, 해인문화사, 으뜸래핑, 도서유통 천리마

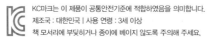 KC마크는 이 제품이 공통안전기준에 적합하였음을 의미합니다.
제조국 : 대한민국 | 사용 연령 : 3세 이상
책 모서리에 부딪히거나 종이에 베이지 않도록 주의해 주세요.